新装版

ごめんね キューピー

みずかみかずよ 作　長野ヒデ子 絵

石風社

わたしの子《こ》どものころのはなしです。

わたしは、あかちゃんのおもりが、だいすきでした。

ときどき、おばさんにおねだりしては、すこしのあいだ、いとこのたけしをおんぶさせてもらって、よろこんでいました。

生《う》まれて、三《さん》ヵ《か》月《げつ》ばかりのたけしは、小《ちい》さくてかるくて、あまりなかないあかちゃんでした。

「あかんぼうでも、ようわかってるもんや。よしこさんが、かわいがるよって、ほれ、見《み》てみ、声《こえ》のたてようからちごうてるよ」

おばさんは目《め》をほそめて、おんぶのおしりを、ぽんぽんとたたきました。

「気《き》いつけてな。とおくへいっては、あきまへんえ。はよおかえりや」

そういって、おこづかいの一銭《いっせん》（いまなら五十円《ごじゅうえん》ぐらい）を、にぎらせてくれるのでした。

はじめてのいえ

おじさんにつれられて、きたきゅうしゅうのやはたから、おおさかの　おだのおじさんのいえにきたのは、わたしが八《はっ》さいになった年《とし》のあきです。

とうさんが　しんぞうまひで死《し》に、そのあと、かあさんもびようきで死《し》にました。

ひとりぼっちになったわたしを、とおいしんせきのおじさんが、ひきとることになったのです。

しょうわ十七年《じゅうしちねん》のころです。

日本《にほん》はアメリカと、大《おお》きなせんそうをしていました。

いまなら、きたきゅうしゅうからおおさかまで、しんかんせんで四《よ》じかんぐらいですが、そのころは、十六《じゅうろく》じかんぐらいかかりました。

ごとごとゆられてのきしゃのたびは、とおいがいこくへでも

つれていかれるほど、心《こころ》ぼそいものでした。
おおさかのうめだえきについて、こうがいでんしゃにのりかえると、まどから見《み》えるけしきは、田《た》んぼやはたけばかりでした。
見《み》るものきくもの、生《う》まれてはじめてのことばかりです。

ことばもちがいます。

「しなさい」ということを、「しいへんか」といいます。

「きつい」ということを、「しんどい」といいます。

「おじさん」は、「おっちゃん」です。

「いけません」は、「あきまへん」です。

わたしは、小《ちい》さいながら、くびすじをしゃんとたてて、むねをはっていました。

とうさんかあさんのことは、口《くち》にだしてはいけない、とおもいました。

めそめそないてはいけない、一日《いちにち》もはやく、おおさかの子《こ》どもにならなくては、と心《こころ》にいいきかせていました。

「さあ、ついたよ」と、おじさんにいわれて、ひしっとおじさんの大《おお》きな手《て》を、にぎりしめました。

きゅうほうじというえきでおりると、まつばやしが、こうえんにつづいていました。

こうえんをすぎると、きゅうしゅうでは見《み》たことのない、こうしどのあるいえが、ならんでいます。

そのなかのひとつに、大《おお》きなさくらの木《き》が、みどりのはかげをつくっているにわのあるいえがありました。それが、おじさんのいえでした。

こうしどをあけて、にわづたいにあるいていくと、げんかんです。

げんかんのとをあけると、ちりりんと音《おと》がして、きちんとそろえてある赤《あか》いくつが、目《め》にとまりました。

（ああ、ここには、わたしみたいな女《おんな》の子《こ》がいるんだわ）

わたしのしんぞうは、とたんにからからと、やぐるまのようにまわりました。

「おかえりや、おとうちゃん」

ひょこんと、とびだした女《おんな》の子《こ》。

「ああ、ちはや。いまかえったよ」

「おつかれさま、おかえりなさい」

まちかまえていたように、おばさんも声《こえ》をはずませました。

「よしこさんか。ほんまに、大《おお》きゅうなって。ようこられましたなあ。はよおあがり」

「こんにちは。よしこです」

きしゃのなかで、なんどもつぶやいてきたことばを、はっきりいいました。

「まあまあ、おぎょうぎのええこと。ここがよしこさんのいえやから、なんにも、しんぱいせんでもええのよ」

「はい」

「まあまあ、おへんじのええこと。さっそくよしこさんのおちゃわん、こうてきましょなあ。たくさんたべて、大《おお》きゅうならんとあきまへんえ」

おばさんがわらうと、目《め》もはなも、とけてなくなりそうです。

おじさんは、あたらしいりんごばこを、南《みなみ》のえんがわにおきました。

「さあ、よしこ。とりあえず、ここがよしこのべんきょうする

ところや。しっかりがんばりや」

大《おお》きなふたつの手《て》のひらが、わたしのおかっぱあたまを、つつみました。

わたしの目《め》に、りんごばこが、にじんで見《み》えます。ただ、はこがあるだけで、本《ほん》たてもふでいれも、なにもないのです。

ざらざらしたりんごばこをさすりながら、やはたには、わたしのつくえがあるのに、とおもいました。

おばさんは、さっそくいっすんぼうしのえのついた、さくらいろのちゃわんと、赤《あか》いはしをかってきました。

ひざの上《うえ》で、しっかりだいていると、

「気《き》にいってくれたんか。ほんまによかったわ」

あんしんしたように、うなずきました。

わたしはもうたしかに、このおだのいえの子《こ》どもになったのだ、とおもいました。


おじさんは、おさけをのむと、よくわらいます。

「わっはっはっはっはっ。そうかそうか、そ

りゃあよかった。わっはっはっはっ」

大《おお》きなからだをゆさぶって、やねまでふきとばしそうないきおいです。

おじさんにかかると、なんのことでも、もんくなしに、みんななよかったことになってしまいます。

ちはやとわたしを、りょうひざにかかえて、

「ええか、なかようするんやで。ちはやは四年生《よねんせい》で、よしこは二年生《にねんせい》。ちはやはよしこのねえさんになったんや、ねえさんやで」

ねんにはねんをおして、こつんと、ふたりのおでこをぶっつけて、またわらいます。

年《とし》のわりには、はげあがったおじさんのひたいが、つやつやひかっています。

日赤《にっせき》びょういんにつとめるおじさんは、とてもいそがしくて、そろってゆっくりごはんをたべられる日《ひ》は、めったにありません。

夜《よる》おそく、おさけによってかえってくると、二《に》かいのへやにあがるのが、めんどうくさいのか、わたしのふとんにもぐりこみます。

なかなかぬくもらない、つめたいわたしの足《あし》を、おじさんはじぶんのりょう足《あし》にはさんで、ぬくめてくれるのです。

おじさんのズボンにおりめをつけるため、おばさんは、わたしのしきぶとんの下《した》に、ズボンをねじきします。

「おっちゃんといっしょや」と、わたしがよろこぶからです。

「かしこい子《こ》やで。よう気《き》いのつく、ええ子《こ》やで」

おじさんもおばさんも、口《くち》かずのすくないわたしをはげますために、こういいます。

わたしは、かしこい子《こ》といわれるたびに、ほんとにかしこい
子《こ》にならなくては、とおもうのでした。

あづまやさん

学校《がっこう》へいくみちに、あさひ川《がわ》という、大《おお》きな川《かわ》がながれていました。

はしをわたったところに、のきのひくいおみせがあります。

『あづまや』と、かたむいたかんばんがでていました。

そのころのおかねで、一銭《いっせん》からかえる、おかしやおもちゃがいろいろとあったので、男《おとこ》の子《こ》も女《おんな》の子《こ》も、みんなあづまやがすきでした。

男《おとこ》の子《こ》のあそびものは、ビーだまやめんこ、女《おんな》の子《こ》は、ぬりえやおはじき、かみふうせん。

うつしえは、いちばんにんきをあつめていました。シールみたいに、ぺたぺたはってあそびます。花《はな》や、虫《むし》や、どうぶつや、にんぎょうなどのえを、うでや足《あし》にはって、つばをつけたゆびでこすります。すると、かみがぽろぽろはげおちて、えがのこるのです。

あづまや

わたしは、一銭《いっせん》でかえる、ニッケだまや、ハッカがみがすきでした。

ハッカがみは、ハッカのあじがしみこんだあまいかみで、赤《あか》いところをなめるのです。

あづまやにあつまる子《こ》どもたちは、みんな、いきいきとはずんでいました。あれこれ、手《て》にとって見《み》るだけでも、じゅうぶんたのしいからです。

わたしも、あづまやがだいすきでした。

学校《がっこう》からかえるとすぐ、

「おばちゃん、たけしちゃんおんぶさせて」

と、おねだりします。

たけしも、わたしのせなかにとびついてきます。

「見《み》てみ、こんなによろこんで。よしこさんも、おんぶじょうずになってしもて」

目《め》もはなも、とけてしまいそうにして、おばさんは、たけしをしっかりと、わたしのせなかにくくりつけます。

「ええか、とおくへいってはあきまへんえ。はよおかえりや」

わたしに一銭《いっせん》をもたせながら、いつもとおなじことばで、おくりだしてくれます。

あづまやでは、おばさんが、

「よしこさんは、かんしんね。ようおもりができて」

と、とくべつじょうとうのえがおを、見《み》せてくれました。

「きょうは、なんにすんの？　また、ハッカがみやろな」

わたしは、とたんに赤《あか》くなって、くちびるをかみます。

でも、ほんとうにハッカがみばかりかうのですから、しかたがありません。あまくて、すうっとすずしいハッカのあじが、すきだったのです。

赤《あか》いかみなので、ぺろぺろなめているうちに、くちびるも、したも、のどのおくも、くちべにをぬったようになってしまいます。

「そんな、しょうもないもの、こうたらあかん。おなかがいとうなってもしりませんよ」

と、おばさんは、かおをしかめるのでした。
おばさんは、ハッカがみのまっ赤《か》ないろが、すきではなかったのです。
わたしはいつも、そんなおばさんのことをおもっては、まよってしまうのでした。
それでも、
「これでしょう?」
と、あづまやのおばさんにいわれると、やっぱりハッカがみをかってしまうのでした。

かわいいキューピー

お正月《しょうがつ》もちかいころでした。

あづまやのみせさきにも、うすっぺらなはごいたやはね、こま、やっこだこ、えがるた、すごろくなどがならびました。

なかでも、セルロイドのにんぎょう、キューピーは、とびきりひかっていました。

ぎゅうにゅうびんぐらいの大《おお》きさで、はだかんぼう。ぷっくりふとっていて、うすももいろのおなかに、えくぼみたいなおへそがついています。

ぱっとひろげた五本《ごほん》のゆびと、アーモンドみたいに大《おお》きなくろい目《め》。

うでは、かたのところで、き

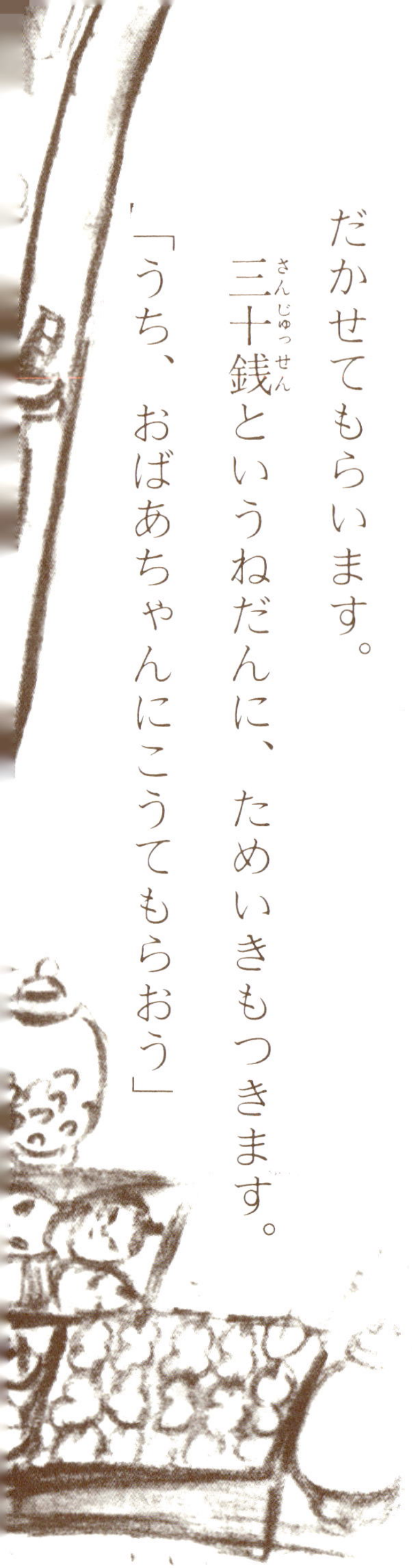

ゆっきゅっとうごきます。くびも、くるくるまわります。

りょう足《あし》は、ぴったりくっつけて、たっています。

あづまやでは、いちばんねだんのたかいにんぎょうでした。

「ほんま、かわいいわ」

「おばさん、ちょっとだけだかしてや」

女《おんな》の子《こ》たちは、おしあいながら、ちょっとだけキューピーをだかせてもらいます。

三十銭《さんじゅっせん》というねだんに、ためいきもつきます。

「うち、おばあちゃんにこうてもらおう」

「うちは、おとうちゃんにねだるわ」
ためいきをついた子《こ》も、なかなかあきらめません。
キユーピーは、つぎつぎにうれていきました。
わたしは、三十銭《さんじゅっせん》が、どんなにたかいおかねであるか、よくわかっています。
一銭《いっせん》、二銭《にせん》と、なにもかわずにためたとしても、三十日《さんじゅうにち》かかります。
むりです。どうしたってむりです。
それでもわたしは、キユーピーが気《き》になってなりません。

まいにち、しんぱいで学校《がっこう》のいきもかえりも、あづまやをのぞいて見《み》ないではいられませんでした。

ある日《ひ》のことです。

あさは五《いつ》つあったキューピーが、かえりには三《みっ》つになっていました。

「よしこさん、キューピーほしいんでしょう？　とっといてあげてもええよ。おばさんにたのんでおいで。よしこさんに、ひとつのこしといてあげるから――」

あづまやのおばさんは、わたしのきもちを、よくしっていました。でも、わたしは、なにもこたえられませんでした。

「おばさんに、たのんでおいで」と、いわれたって、そんなこと、とってもいえるわけがなかったからです。

そのとき、みせのおくで、でんわのベルがなりました。

あづまやのおばさんは、おくにひっこみ、みせはわたしひとりになりました。

キューピーが、にっこりわらいかけます。

——さあ、はやくだいてちょうだい——

わたしは、いそいでキューピーをだきあげると、そのまま、あづまやをとびだしました。

あたまにかーっとちがのぼって、なんにも見《み》えません。

足《あし》は、いえとは、はんたいのみちをあるいていました。
石《いし》ころのさかみちです。
とつぜん、おとなしかったたけしが、なきだしました。
まるで、せなかに火《ひ》がついたようです。
それでも、わたしは、どんどんあるきました。
たけしのおもさも、なきごえもわかりません。
すれちがう人《ひと》が、ふりかえります。
わたしの足《あし》は、どんどんはやく、さかみちをのぼりつめました。

さかのうえは、中学校《ちゅうがっこう》でした。
十二月《じゅうにがつ》のゆうがたのかぜは、つめたくふきつけます。
かえらなくてはいけないじかんは、とっくにすぎていました。
「はよおかえりや」という、おばさんの声《こえ》が、きこえてくるようです。
どっかりとしたこうしゃと、はだかのポプラなみきが、とおせんぼしています。
わたしは、もんのそばのすなばにたちどまって、はじめて、

手《て》のなかのキューピーを、見《み》ました。

セルロイドの、すべすべしたキューピーは、びっくりしたような目《め》で、わたしを見《み》ています。

「かわいい、かわいい」

「ちょっとだかしてや」

と、あれほどほしくてたまらなかったにんぎょうなのに、いま

はもう、かわいいどころか、見《み》えないところにすててしまいたいきもちです。

　なきつかれたたけしは、おしっこでぐっしょり、わたしのせなかをぬらしたまま、うしろにくびをたれて、ねむってしまいました。

「とおくへいってはあきまへんえ」

おばさんの声《こえ》がきこえたようで、わた

しは、あたりをみまわしました。
しかられる。しかられる。
でもどうしよう、このキューピー。
わたしは、とんでもないことをしてしまったことに、あわてました。
とつぜん、わたしは、すなばにしゃがんで、すなをほりはじめました。
十《じっ》センチ、二十《にじっ》センチ、かわいたすなはやわらかく、いくらでもほれます。

ちらかっているかれはをしき、キューピーをねかせました。また一《いち》まい、かれはをのせると、しっかりすなをかぶせました。

「よしこー、よしこー、よしこさーん」

おばさんです。

わたしをさがしにきたのです。

ほっとして、わたしはたちあがりました。

おばさんの白《しろ》いエプロンが見《み》えてくると、わあっと、とびつきたいようでした。

でも、「あっ、おばさん」と、いったきり、わたしの足《あし》はうごきません。みるみる目《め》のなかがあつくなって、なみだがふくれあがりました。

「どないしたんや。こんなところまできて。え？　なにしてたんや」

しんぱいのあまり、おばさんの声《こえ》は、かんだかくふるえています。

たけしが、くるったようになきました。

わたしもなきました。

おばさんは、おおいそぎでたけしをだきとると、

「おおよしよし。おおよしよし。おおいい子《こ》。おおいい子《こ》」

くりかえし、くりかえしいいながら、いそぎ足《あし》でさかみちをおります。

なきじゃくりながら、ついてくるわたしに、せをむけたまま、ふりむきもしませんでした。

ねつにうかされて

わたしは、ごはんものどをとおらず、がたがたふるえながら、ふとんにはいりました。
そして、たかいねつをだしました。
もうながいあいだ、でなかったせきが、はげしくでて、いきがつまりそうです。

「こ、こりゃあ　あかん」

いつもは、「よかった、よかった」といって、わらってすますおじさんが、かおをこわばらせました。

いっきに四十《よんじゅう》どまであがった、たいおんけい。

おじさんは、カンフルやリンゲルのちゅうしゃをし

ました。

「はいえんやな。いったい、どないしてたんや」

せんそうちゅうの、もののないときです。

いいくすりも、いいちゅうしゃも、なかなか手《て》にはいりません。おじさんが、びょういんにつとめているから、まにあったのです。

「こんやはねんと（ねないで）ひやすこと。ひやさなあかん。あせがでたら、したぎをかえて、かたはひやさんように」

おじさんは、ぴしぴし、おばさんにいいました。

「かわいそうに。なんぼ、たけしのおもりがすきやいうたかて、こんな小《ちい》さいからだに、ながいことくくりつけてたまるかいな。みーんな、おまえのせいや。よしこはな、あれでいろいろ気《き》いつこうてるんや。かんがえてみんかい」

おばさんは、だまってきいていました。

こおりまくらとひょうのうは、とりかえても、すぐにぬくもってしまいます。

おばさんは、もう、おこってはいません。しんぱいそうに、かおをくもらせて、いっしょうけんめいに、かちかちこおりをくだいてくれました。


ねつにうなされたわたしは、ときどきうわごとをいいます。

「かあちゃん、かあちゃん」

「たけしちゃん、たけしちゃん」

「キューピー、キューピー、キューピーちゃん」

おじさんもおばさんも、じっとま

くらもとに、すわっていました。

「おい、キューピー、キューピーって、なんべんもいうとるが、なんのことか」

「きっと、あづまやさんにうってる、にんぎょうのことですわ」

「よしこ、ほしいんとちがうか」

「さあ、どないでしょう。わたしには、なんにもいいませんから」

「そうか。そんなら、よしこはなんぞにんぎょうもってるか」

「いいえ、もってません。でも、ちはやのにんぎょうかしてもらってますわ」

「ちはやのにんぎょう？　そりゃああかん。よしこにも、よしこのにんぎょうこうてやれ」

おばさんは、すぐたちあがって、すっかりくらくなったそとへ走《はし》りました。

おばさんのおどろき

「こんばんわ。おそくにすみません」

とじまりのすんだ、カーテンのおくで、
ぱちっとあかりがつきました。

「ほんまに、おそれいります」

「ま、おださんか。どないしました」

あづまやのおばさんは、はんてんをひっかけながら、とをあけました。

「キューピーさん、ひとつわけてください」

キューピーは、まだ二《ふた》つ、大《おお》きな目《め》をあけて、こちらを見《み》ていました。

「キューピーやて？」

あづまやのおばさんのかおいろが、かわりました。

おばさんも、なんだか、ぞくっとしました。

「こういってはなんですが……」

あづまやのおばさんは、ごくっとつばをのみこんで、まじまじと、おばさんを見《み》つめます。

「はあ？」

「まあ、気《き》いをわるうせんと、きいておくれや。ひるすぎだったかしら、たけしちゃんをおんぶして、よしこさんがみせにきました。キューピーが、ほしそうでしたんよ。でんわがなって、わたしがひっこんだそのあいだに、三《みっ》つあったうちのひとつがなくなってたんです」

「ええっ？」

おばさんは、くらっとしました。

「では、よしこがもっていったということですか？」

「はあ、まあ、子《こ》どもさんのことなので、とやかくいうのではありません。よしこさんは、よっぽどほしかったんですよ」

そこへ、あづまやのおじさんも、でてきました。

「なあ、おださん。なんぼ子《こう》かて、こりゃあ、だいじなことですよ。いいこととわるいことのけじめは、小《ちい》さいうちにつけておかんと。まして、よしこさんは、おやなし子《ご》とちがいますか？　おやなし子《ご》ちゅうもんは……」

あづまやのおばさんは、きゅっと、おじさんの足《あし》をふんで、
にらみつけました。
「あっ、いてて……」
おじさんは、とびのきました。

「おださん、かんにんしてや。よしこさんのこと、けっして、わるういうてやしませんので……。よしこさんは、おとなしい、ええ子《こ》です」

どんなにいわれても、すっかりおどろいてしまったおばさんの耳《みみ》には、ただ、すうすう、つめたいかぜが、ふきぬけるばかりでした。

「ようういうてくださいました。それで、ようわかりました。よしこは、いま、ひどいねつでうなされてますの。『キューピー、キューピー』うわごとでいいますので、よっぽど、キューピー

石風
Stone & Wind
2005
6
石風社《せきふうしゃ》
福岡市中央区渡辺通二丁目三番二四号　〒810-0004
TEL〇九二（七一四）四八三八　FAX〇九二（七二五）三四四〇

『ごめんねキューピー』
みずかみかずよ作
長野　ヒデ子絵
定価一五〇〇円＋税

新装本に寄せて

水上　平吉

わたしたちの長男あらたが中学二年の三学期、家出をしました。学校でも問題行動があり、保護者として学校に呼び出されたりしていました。そのころ長野県の平谷村で過疎対策として里親制度に取り組んでいることがテレビで放映されたそうです。「あらた君を預けてみたら」と、家族ぐるみ親交のあった柔道整骨院の先生からの話を、あらたにしてみました。親から離れてみたかったらしいあらたは、とびついてきました。善は急げとばかり、あらたとともに山深い雪の平谷村を訪ねました。

あらたにとっての初体験は強烈なものであったろうと思われます。すぐにホームシックにかかり、「帰りたい」と、母親に泣きごとの手紙でした。村から追い出される工夫もしたようです。「いったん、男が決意したからには、どんなことがあっても、くじけることは出来ない。負け犬にだけはなるな」と、わたしたちは毎日のように手紙を出して励ましました。

あらたの母親かずよは、四歳で父と、七歳で母と死別しており、親戚の家に預けられた時期がありました。その体験をもとに、あらたを励ますために、心をこめて書いたのが、『ごめんねキューピー』（初版・佑学社）でした。小学校二年生を主人公にした幼年向きの童話ですが、高校生になっていたあらたに送ったところ、「オレ、泣いたよ」と、電話してきました。

それでも、あらたの反抗期は長引き、高校中退して帰省しました。「学校がいやなら働け」と、就職させましたが、世の中は甘くはありません。いろんな仕事に挑戦させたものの、すぐに辞めるありさまでした。紆余曲折を経て、さすがに落ち着くようになり、働きながら夜間高校に転校しました。さらに短大へと進学し、福祉の仕事をめざすようになりました。ついには児童自立支援施設である福岡県立福岡学園に就職しました。

「オレにぴったしの仕事だ」と、張り切っていました。わたしたちも心から喜び、ほっとしました。かれが職場結婚したとき、学園長から「あらた君のような人材こそ、うちには必要なんです。期待しています」と言われました。

残念なことに、あらたは二〇〇四年六月、三十八歳の若さで他界しました。児童福祉への情熱と、子どもたちを取り巻く環境の厳しい現実のはざまで、苦闘し、疲れきったのではないかと思われます。

あらたは今、かずよの詩碑「金のストロー」のある下関市中央霊園に、かずよとともに眠っています。

母と子の絆となった『ごめんねキューピー』は、長野ヒデ子さんのすばらしい絵に助けられ、大変好評でした。いま一度、あらためて多くの方がたに読んでいただきたいと思い石風社の福元満治さんにお願いして新装本にしていただきました。

なお、詩とエッセイ集『子どもにもらった詩のこころ』（石風社）の中で、かずよ自身が「息子と家出」の一文を書いています。この本も読んでいただければ幸いです。

がほしいんだとおもって、きましたの。

ゆうがた、いつもとようすがちがうので、おかしいなあと、おもていました。ほんまに、ようわかりましたわ」

あづまやのおじさんも、おばさんも、いちいちうなずいていました。

そして、気《き》のどくそうに、

「なんや、きついこというてしもうて」

と、こしをひくくしました。

「いえいえ、よしこのきもちもわからん、わたしがわるかったんです。どうぞ、かんにんしてやってください。そしてここへ、よしこがきたときは、だまっててやってください」

「おださん、ようわかりました。よしこさんのことなら、しんぱいありません。わたしらも、ようわかってます。はよ、かえってあげてください」

おばさんは、やっと、むねのつかえがおりました。ふかくあたまをさげて、キューピーの三十銭《さんじゅっせん》をそっとおきました。

あづまやさんは、おばさんのすがたが見《み》えなくなるまで、あかりをつけて見《み》おくりました。

ごめんねキューピー

ひとばんじゅう、おばさんにひやしてもらって、夜《よ》があけました。

おじさんもねむらず、かわいたタオルで、しめったかみのけをふいたり、ねつをはかったたりしました。

「もうだいじょうぶ。ようがんばったな。よかった、よかった」

わたしは、ひとばんじゅう、わるいゆめでも見《み》ていたようで、きのうのことが、みんなゆめであったような気《き》もしました。

おじさんの「よかった、よかった」のわらい声《ごえ》に、なにもかもふっとんで、すうっと、心《こころ》がおちつきました。

おばさんの手《て》から、あたたか

いミルクをすこしのんで、またねむりました。
しずかなへやに、しゅんしゅんと、やかんのゆがたぎってい
ます。
わたしは、はっきり目《め》がさめました。
やっぱり、あのことはゆめではないとわかって、がっかりし
ました。
「よしこさん、どうや？」
おばさんが、くすりをもってきてくれました。

「うち、おきてええやろうか？　もう、どうもないんよ」

「なにいうてますの。ゆうべひとばんじゅう、たかいねつだしてましたんよ」

やさしくふとんのえりをなおして、おばさんは、まじめなかおで、くびをよこにふりました。

まるで、ふとんだけがそこにあるような、ぺっちゃんこなねすがたのわたしでした。

「ええか、なーにもかんがえんと、おとなしゅうねとくの。もうじき、お正月《しょうがつ》や。はよ元気《げんき》になろうな」

二日目《ふつかめ》はあめ、三日目《みっかめ》はみぞれ。
そして、あと五日《いつか》ねるとお正月《しょうがつ》。
わたしは、気《き》が気《き》ではありません。
なんで、おとなしくねていられましょう。
(ぬれるぬれる、キューピーがぬれる)
心《こころ》はキューピーのことで、ぱんぱんにふくれていました。
「おばさん、たけしちゃんおんぶさせて」
とうとうがまんできず、わたしはおきあがってしまいました。
たけしさえおんぶすれば、そとへでられるとおもいました。

「とんでもありません。なにをいいますの。もうこりごり。おんぶはあきまへん。おばさんがわるかったんよ。なにもかも。おじさんにきつうしかられたわ。そんなことより、まだねとくのよ」

「………」

「さ、いうこときいて、おとなしゅうねててや」

おばさんは、ふとんのよすみをきちんとたたいて、ふすまをぴちっとしめました。

わたしはいっぺんに、まっくらなじごくのそこにつきおとさ

れたようなきもちになりました。

もう、たけしをおんぶできないなんて。

もう、一銭《いっせん》もらうこともないなんて。

もう、あづまやへいくこともできないなんて。

わたしは、ふとんのはしを、ちぎれるほどかみしめてなきました。

わたしはだまっていえをでました。

わたしの足《あし》は、ひとりでにあのさかみちをのぼります。

「おう、おう、おう」

うんどうをしている、中学生《ちゅうがくせい》の男《おとこ》の子《こ》たちが、かけ声《ごえ》をだしあって走《はし》っています。

わたしは、もんの前《まえ》にたちました。

あの人たちはいいなあ、とおもいました。

わたしはわるい子《こ》で、もうおじさんのいえにもかえれない、とおもうのでした。

ふと目《め》をあげて、「あっ」とさけびました。

もんの上《うえ》に、なにかがぶらぶらゆれています。

キューピーです。

ぱっちりくろい目《め》をあけて、　――はやく、さがしにきてちょうだい――　といっています。

わたしは、とびあがりました。

手《て》をたかくのばしました。

「これ、おまえのか？」

ちかくにいた中学生《ちゅうがくせい》が、ききました。

うなずくと「ほーれ」と、つるしたいとをちぎってなげてくれました。

ころころっところがるキューピーを、そっとひろいました。

土《つち》をはらってやりました。

「ごめんね……」

すなおなことばが、すらすらとでてくるのでした。

「ごめんね。わるいことしたのね。もうけっしてしないから…」

りょう手《て》のなかに、キューピーをだいて、ほおずりしました。

目《め》の前《まえ》が、ぱっとあかるくひろがるようでした。

よかった、よかった。

キューピーは、どこもこわれてなくて、あたらしいまんまで。

ほんとうによかった。

からだがふんわりかるくなりました。

いっきに、さかみちをかけおりました。


あづまやのおばさんは、とくべつじょうとうのえがおでいいました。

「これは、よしこさんのキューピーや。あんたのおばさんが、あんたがねつでねてるとき、こうてくれたんや」

「ほんま？　でもわたし、あのとき、だまってもっていってしもて……」

「そうや、あんたがだまってもっていたから、おばさんもしんぱいしてたわ。でもなあ、あんたのきもちもようわかって、こうてくれたんや」

「ほんまありがとう。はよかえって、わたし、おじさんおばさんにはなします」

「それがええ。ようはなしてしまい」

あづまやのおばさんは、キューピーを、わたしの手《て》にしっかりだかせてくれました。

みずかみかずよ（１９３５～１９８８）

福岡県八幡市（現北九州市八幡東区）生まれ。福岡県立八幡中央高校卒業後、兄が経営する私立尾倉幼稚園に勤務。童話、詩の創作を始め、児童文学同人誌「小さい旗」に参加。58年、水上平吉と結婚。

主な作品に、詩集『馬でかければ』『みのむしの行進』（どちらも葦書房）、『こえがする』（理論社）、『小さな窓から』（石風社）、『うまれたよ』（グランまま社）、詩の絵本『きんのストロー』（国土社）、詩とエッセイ集『子どもにもらった詩のこころ』（石風社）、歌集『生かされて』（石風社）、絵本『南の島の白い花』（葦書房）、童話『ごめんねキューピー』（佑学社）、童話集『ぼくのねじはぼくがまく』（石風社）など。

74年、読売新聞社など主催の「愛の詩キャンペーン」に応募した「愛のはじまり」で金賞一席を受賞。81年、夫平吉とともに北九州市民文化賞を受賞。96年、『みずかみかずよ全詩集いのち』（石風社）で第5回丸山豊記念現代詩賞を受賞。

詩九篇が教科書に採用され、『おぼえておきたい日本の名詩100』（たんぽぽ出版）に「馬でかければ」が掲載されるなど、没後も広く深く読まれている。

長野ヒデ子

１９４１年愛媛県生まれ。

１９７６年の処女作『とうさん かあさん』（葦書房・日本の絵本賞受賞）以来、何気ない生活の中から独特の世界を創りだしている絵本作家。主な絵本にロングセラーの『おかあさんがおかあさんになった日』（サンケイ児童出版文化賞）、『おとうさんがおとうさんになった日』、『せとうちたいこさんデパートいきタイ』（日本絵本賞）のせとうちたいこさんシリーズや『こちょこちょこちょ』。また諫早湾が舞台の『海をかえして！』は話題作（以上童心社）。『狐』、『となりのまじょのマジョンナさん』（以上偕成社）、『いのちは見えるよ』（岩崎書店）『おばけいちねんぶん』（小学館）など作品多数。また『ネコのたいそう』『おひさまにこにこ』（以上童心社）等紙芝居作品も多い。エッセイ集『ふしぎとうれしい』（石風社）は著者の作品の舞台裏がたのしく元気が出る。日本児童文学者協会会員・日本児童出版美術家協会会員・ＪＢＢＹ会員・絵本学会会員。

神奈川県鎌倉市在住。

＊本書は佑学社より一九八三年十一月に
刊行されたものの新装版である。

ごめんねキューピー

二〇〇五年七月十四日新装版第一刷発行

作　者　みずかみ　かずよ
画　家　長野　ヒデ子
発行者　福元　満治
発行所　石風社
福岡市中央区渡辺通二―三―二四　〒810-0004
電　話　〇九二（七一四）四八三八
ファクス　〇九二（七二五）三四四〇

印　刷　正光印刷株式会社
製　本　篠原製本株式会社